MON CAHIER,

OPUSCULE CIVIQUE,

OU JE CHANTE MON CRÉATEUR,

MA PATRIE, MON ROI, ET L'ENTHOUSIASME NATIONAL
SUR LE RETOUR DE LA CONCORDE;

PRÉSENTÉ PAR L'AUTEUR A MONSIEUR LE PRÉFET
DU DÉPARTEMENT DE LA SEINE,

ADRESSÉ AUX SOUS-PRÉFETS DES CANTONS RURAUX, AUX DOUZE
MAIRES DE LA VILLE DE PARIS, ET A CEUX DES COMMUNES
ENVIRONNANTES, AUX TRIBUNAUX, AUX AUTORITÉS CIVILES ET
MILITAIRES.

1815.

(5)

NOTICE
DES PIÈCES DÉTACHÉES
CONTENUES AU PRÉSENT.

1°. Les vœux d'une famille réunie, adressés au Roi de France ;

2°. Bouquet à Louis XVIII le jour de la fête de la Paix, qui est celle du Roi, puisqu'il a sauvé la France et pacifié l'Europe ; par un Parisien.

3°. Invocation à l'Être-Suprème, l'immortel souverain des peuples et des rois, pour qu'il veuille continuer sa bienveillance sur ma patrie ;

4°. Vers adressés aux familles françaises sur la paix générale ;

5°. Un artiste, amateur d'un peu de tout, programme aux poètes sages, aux vrais savans ;

6°. Un Français toujours le même, à ses compatriotes de bonne foi ;

7°. Un grenadier de la garde nationale de 1789 à ses frères d'armes ;

8°. Mon opinion, mon respect sur les armes de France ;

9°. Mon franc-parler aux militaires, par un vieux dragon de Royal-Dragon, et ancien colonel ;

10°. Patrie, dévouement, bravoure, courage, fidélité, gaîté parisienne, ou hymne pour l'union ;

11. Vive le Roi ! l'ami de la paix, ou le citoyen de retour dans ses foyers ;

12°. Le court pélerinage, ou le calcul de l'âge ;

13°. Le discours du Roi prononcé par S. M. à l'ouverture des Deux Chambres, et de leur installation le 7 octobre 1815 ;

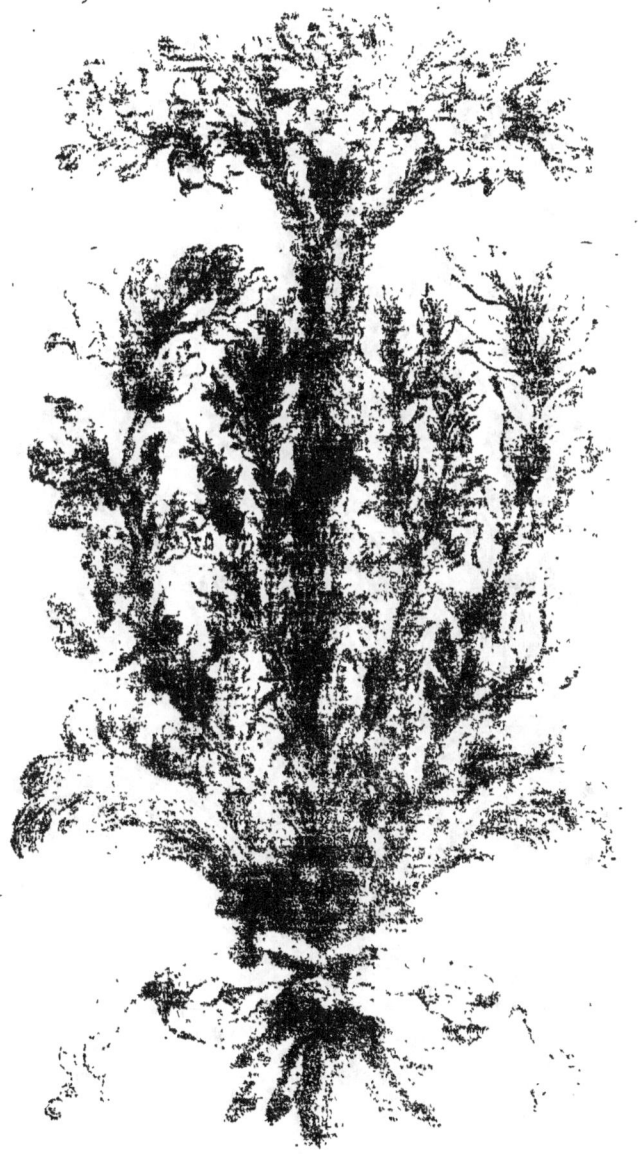

Oculos et corda rapit.

Tout s'ébranle et se meut: souffle émané du Ciel,
Tout s'échauffe et s'éclaire de la part de l'Eternel,
C'est là que les couronnes croissent se multiplient,
De ces fleurs que la Paix, l'Honneur, la Vertu lient.

EXPLICATION

Du bouquet allégorique.

LE LAURIER, *symbole de la gloire*, du triomphe de la plus belle conquête, celle de la justice et du repos, car souvent elle ne se fait que pour avoir la paix ; récompense de la valeur, de la persévérence, de la bravoure, au bout de ving-cinq ans de patience d'une guerre qui paraissait éternelle.

OLIVIER, *Symbole de la paix*, qui a ces beautés ainsi que les palmes de la victoire est mille fois plus glorieux que la guerre ; le pigeon de Noé, au déluge, tenant à son bec une branche d'olivier, vient annoncer la paix et rétablir l'ordre et l'harmonie sur terre, disant la paix vaut toujours plus qu'elle ne coûte.

LE CHÊNE, *symbole de la vie*. Il était honoré de nos pères et des anciens, comme un arbre dont la durée a quelquefois quinze cents ans, consacré à Jupiter ; de ses feuilles l'on en faisait des couronnes civiques pour servir de témoignage marquant ; l'héroïsme et la patience des soldats et une distinction pour nos poètes.

MYRTHE, *symbole de l'amour* et du témoignage que le peuple conserve pour son délibérateur, la reconnaissance qu'il exerce pour son prince, pour son Roi légitime ; cet arbuste marque l'amour lié à la palme de sa victoire, fait voir que le Français est revenu de son erreur, qu'il se réconcilie avec la raison.

LE LYS, *symbole de l'Espérance*, fleur royale, placée entre le laurier et le chêne; comme ami du myrthe et l'olivier, elle se met dans le milieu pour lier ces quatre arbustes, placée dans le centre, son calice en recouvre les branches pour faire voir la concorde avec la souveraine puissance et la supériorité que cette fleur a sur les autres; elle donne la paix tant désirée.

Que jamais prince du lys ne fut plus triomphant, cela nous rappelle les beaux tems de nos aïeux, et ce n'est pas sans raison que Jésus-Christ commande de considérer le lys égal à la poupre de Salomon, comme symbole de l'espérance, et de sa beauté, de sa pudicité, celui de la virginité, doux au touché, blanche comme la neige, éblouissant par sa couleur d'albâtre, d'une odeur suave fort agréable.

IMMORTELLE, *symbole de la vertu*, entrelasse le tout formant bouquet, fait voir l'union que cette paix donne avec les nations, qu'elle est éternelle, elle fait appercevoir la diversité du cours de la vie; telle est la loi du ciel, après les douleurs la patience ramène la tranquillité de l'âme et du cœur. Une source inconnue fait verser des larmes à tous les amis de lenr pays, aux bons Français. Au haut de cette gravure est écrit : *oculos et conda rapit*, veut dire il charme tous les cœurs.

Pour moi en écrivant l'amour du bonheur, je sens couler et sourire à mes yeux, la douce espérance charme de nos jours, je vois dans la vue de ces rayons lumineux un je ne sais quoi qui me touche l'ame et fait parler mon cœur.

VŒUX

D'UNE FAMILLE RÉUNIE,

ADRESSÉS AU ROI DE FRANCE.

SIRE,

En ce jour de la plus grande fête nationale, étant celle de la convention d'un pacte fédératif de famille entre les premiers souverains de l'Europe, ce jour d'union et celui des nations, de la concorde envers les peuples unis avec la France, enfin celle de la paix, par conséquent celle du monarque sous lequel nous vivons, qui nous l'a fait obtenir, de même qu'une constitution stable et libérale sous le règne d'un roi bienfaisant, depuis si long-temps désirée par les Français ; enfin un gouvernement en principe, religieux, juste, clément, pacifique, tranquille et paternel.

En reconnaissance de ce jour de gloire, que Sa Majesté veuille bien agréer les vœux sincères qu'adresse au tout-puissant une famille réunie tout exprès pour émettre leur suffrage et faire nombre de ses bons sujets, amis des lois, amis du trône, pour l'acceptation de sa constitution, et les doubles vœux qu'elle adresse au ciel pour son maintien et la prospérité du souverain.

Aussi de recevoir, par le chef de cette famille, née Parisienne (en 1755, année heureuse) et véritable Français, un bouquet qui, par ses vues, double et réitère auprès de Votre Majesté l'hommage qu'il lui a fait l'an passé à son arrivée.

C'est le serment de son attachement à sa personne sacrée, de sa fidélité, de sa foi et hommage, comme un des plus soumis de Votre Majesté, qui vous reconnaît pour son seigneur et maître, son Roi, son souverain, son prince légitime, qui pour Dieu, pour sa patrie, pour son prince, pour les Bourbons, ne cessera d'être obéissant à leurs lois comme homme et citoyen, sincèrement patriote pour la vie.

C'est dans ces sentimens qu'il abjure tout autre fait, de gré ou de force, qu'il prie Sa Majesté de le classer au nombre de ses plus fidèles sujets, et qui ne cessera de mériter, lui et les siens; c'est avec cette constance qu'il reste son tout dévoué serviteur et sujet,

PALLOY.

BOUQÙET A LOÚIS XVIII,

Le jour de la fête de la Paix, qui est celle du Roi, puisqu'il a sauvé la France et pacifié l'Europe.

PRINCE, aux vœux de la patrie
Toute une famille réunie
A joint le *chêne* au *laurier*
Et le *myrthe* à l'*olivier*:
Pour que le tout soit uni,
Dans le centre est le *lis*,
Symbole de clémence, de candeur,
D'un monarque comblé de bonheur,
Entrelacé par l'*immortelle*,
Des mains d'un peuple fidèle,
Offert au bon Roi, au bon père
Qui calma les fléaux de la guerre,
Qui ramena la paix en France,
Les arts., le commerce et l'abondance:
A lui presenté le jour de sa fête
Par ses sujets dont il fit la conquête.
En lui offrant cette couronne,
C'est la reconnaissance qui la donne,
Le pur civisme, le respect et l'amour
Qui la lui consacrent en ce jour.

INVOCATION

A L'ÊTRE SUPRÊME,

L'immortel Souverain des peuples et des Rois, pour qu'il veuille continuer sa bienveillance sur ma patrie.

DIEU des nations, sur ton trône de gloire
Tu permets de régler le sort de l'univers;
A tes élus accorde la palme de la victoire,
Et de ta foudre écrase les pervers.
Toi qui change la France, l'Europe et le monde,
Protecteur des peuples et des souverains,
Calme tous les hommes saisis d'une stupeur profonde;
Cimente pour toujours la paix des humains.
Lorsque la France était dans les ténèbres,
Et jusqu'à toi n'osait lever les yeux,
Tu fis disparaître ces voiles funèbres
Qui la privaient de la clarté des cieux;
De tes bienfaits que l'univers admire,
Esprit céleste, que tes dons nous soient réservés.
Tu as punis, tu excuse la France en délire,
Comme un Dieu sauveur nous devons t'adorer;
Unis à nos destins et à notre existence,
Puissant bienfaiteur, assure la douceur,
Sois sûr des Français, de leur reconnaissance;
En ta suprême bonté ils ont mis leur bonheur,

C'est un présage heureux de nos succès;
A tes enfans, comme un père plein de clémence,
Dieu de bonté veille sur les Français,
Que ton soleil éclaire leur vaillance.

VERS

ADRESSÉS AUX FAMILLES FRANÇAISES

SUR LA PAIX GÉNÉRALE.

LOUIS DIX-HUIT, la paix va te devoir l'hommage
Qu'en ton honneur ici je viens te présenter !
Pour tracer de ces dons l'ineffable avantage,
C'est le cœur des Français que j'ai dû consulter.
Fille du ciel, descend de ta céleste sphère,
Divinité, parais, vois cette tendre mère
Invoquant l'éternel, les yeux baignés de pleurs,
Lui demander son fils, objet de ses douleurs!
Ton aspect la ranime, elle est moins alarmée ;
Tu calmes son esprit, tu rassures son cœur ;
Ce fils n'est point frappé dn fléau destructeur,
Et cette mère embrasse un brave de l'armée !
Le pâtre, de retour, en gardant son troupeau,
Essaie à te chanter au son du chalumeau ;
En toi la pastonrelle a vu sa protectrice,
Son ami reparaît sous ton heureux auspice.
La jeune épouse enfin à son époux guerrier
Présente un lit de fleurs qn'il orne d'un laurier.

Ajoute à ces bienfaits, ravive l'industrie,
Le commerce, les arts, réveille le génie.
Ton temple est à la cour d'un roi bienfaisant,
C'est l'Europe qui a placé ce tout-puissant,
Vu de tes saintes mains, couronne ta victoire,
LOUIS DIX-HUIT t'attend sur ton trône de gloire

UN ARTISTE,

AMATEUR D'UN PEU DE TOUT,

PROGRAMME AUX POETES SAGES, AUX VRAIS SAVANS.

POETE sage, peignez ce jour de mémoire,
Il n'en est point de pareil dans l'histoire.
Acquérir tant de cœurs dans un grand empire,
Voilà, je crois, exercer vos muses qui respirent.
Par deux fois la nation vient de briser ses chaînes,
Parmi nous elle doit éteindre toutes les haînes,
Enchaîner, étouffer le trouble et l'anarchie,
Et de tous ses liens la licence affranchie ;
Chassez du Parnasse cette poignée d'écrivains,
Ces frénétiques ennemis du genre humain,
Cherchant encore à exhaler leur venin,
A répandre leur fiel contre le souverain.
Lorsque les peuples aspirent aux douceurs du repos
Ces caméléons jaloux de ce même repos,
De ces hommes partout avoués par l'imposture,

Qui prennent du vrai l'air et la figure,
Cachant un noir poison sous d'aimables dehors :
Enfant de la licence et plein de remord,
Malgré l'accord général de réconciliation,
Il s'efforce de troubler la paix des nations.
Soutenir le chef d'un état c'est soutenir ses droits ;
Notre premier devoir est respect à la loi.
Émousté de loin ces mouches cantarides,
Qui nous flattent, appaisent nos désirs et nous piquent,
La France a été trop long-tems malheureuse,
Au moins qu'elle puisse respirer heureuse ;
Faites que, par vos vertus et votre courage,
De l'admiration vous receviez l'hommage.

UN FRANÇAIS,

TOUJOURS LE MÊME,

A SES COMPATRIOTES DE BONNE FOI,

SUR LA CAPITULATION.

L'AUGUSTE vérité a dessillé vos yeux,
De cette connaissance remerciez les Dieux,
Français, aimez, servez, chantez avec ivresse
La nation, le Roi, la paix et l'alégresse ;
Quoi qu'en disent les méchans, rien n'est abattu ;
L'honneur de la nation française n'est point perdu,
De tous les objets d'art que les alliés ont enlevés,
Suivant le droit des gens, nous devons restituer :

Jamais nous ne rendrons ce que nous avons conquis ;
Combien de nouveaux riches ont leurs coffres remplis !
Si leur conscience voulait se payer de raison,
Bientôt seraient acquittés les sept cents millions :
Pourquoi dans la vie ne pas se faire respecter,
En servant sa patrie et l'humble humanité ?
Amasser ! à quoi bon sert à l'homme tant d'argent ?
Faisant le bien, moins riche il vit plus content :
De la cendre au cercueil voilà ce qui nous reste !
Et pourquoi fomenter des jours si funestes ?
La France féconde est un sol de prospérité.
Tems, travail, industrie, tout sera réparé.
La liberté, la paix valent plus qu'elles ne coûtent ;
Ceux qui disent le contraire n'y voient goutte.
A quoi bon de réveiller la discorde civile,
Pour enflammer les campagnes et les villes,
Nos sottises doivent être suffisamment expiées
Par le souvenir de nos fautes et des traités.
Nous avons su fixer un terme à nos malheurs ;
Nous devons tous concourir à notre futur bonheur.

UN GRENADIER

DE LA GARDE NATIONALE DE 1789,

A SES FRÈRES D'ARMES.

Ma patrie, ô terre heureuse ! ô belle région !
En guerriers, en savans, toujours riche et féconde ;
Je m'écrierai toujours en attestant l'histoire
Que la terre des Francs est la terre de gloire.
Plusieurs fois le Parisien bravant son infortune,
A dû tout exposer pour la cause commune.

Ces Français indomptables, si fiers dans les batailles,
Dociles, vu leur sort, au sein de leurs murailles,
Gémissaient de leur sort mais gémissaient tout bas.
Leur colère eût provoqué le plus sanglant trépas.
Le ciel comble leurs vœux; leur sagesse profonde
Place la dynastie des Bourbons, l'espoir du monde.
L'on voit pour cette garde, à l'ombre des lauriers,
Croître le myrte et naître l'olivier. ·
Toujours en campagne les lauriers se multiplieront,
N'est pas vaincu quand la force cède à la raison.
Que de tourmens pour vous, ô gardes nationales!
Contrarie, malgré votre maintien martial,
Celui que vous avez servi à Paris a abjuré.
Le Roi qui vous commande, la nation l'a nommé;
Ne vous laissez pas séduire par de vains discours,
Par ces perturbateurs, ennemis du Roi et de sa cour,
De ces athées qui ne connaissent ni Dieu ni loi,
Sans cesse turbulens et de mauvaise foi,
Cachent sous des dehors trompeurs et débonnaires
Leurs complots, leurs projets et forfaits sanguinaires;
S'il leur plaît de jouer et de faire la guerre,
Il faut écarter les conseils de ces téméraires.

MON OPINION,

MES RESPECTS,

SUR LES ARMES DE FRANCE.

Que le vrai Français quitte l'espoir de partir,
Nul que celui de l'union pour sauver son pays.

Assez et trop long-tems les troubles, les alarmes,
Ont déchiré son sein et fait couler ses larmes.
Le Français aguerri, vrai soutien de l'État,
Ne saurait avilir le beau nom de soldat.
Par la fatalité de nos anciens maux,
Nous devons supprimer enseignes et drapaux ;
Sous telle ou telle bannière, peu nous importe :
La raison doit convaincre le vrai patriote,
Une loi l'ordonne, il faut y être soumis,
Panache, cocarde, drapeau blanc, fleurs de lis :
Cette couleur est un héritage du bon Henri,
Qui était le modèle des rois, le père de la patrie.
La foudre lancée nous menaçait de ses débris ;
L'aigle s'envole, l'olivier croît auprès du lis.
Le coq, simbole de notre ancienne patrie,
Est le blason, les armes de la ville de Paris.
L'oiseau du courage et de la vigilance,
De tous tems hiéroglyphe de la France.
Notre esprit doit relever le flambeau de l'erreur ;
Il consiste à réunir le solide bonheur.
Nos fautes sont communes, nos pleurs les ont taries,
Force à la loi, au trône ; que nos cœurs restent unis,
Le Français sous cette égide bravera son indépendance,
Et tous les méchans et les traîtres de la France.
Répétons avec cette impartiale franchise :
Amour, respect aux lois, force à la justice.

MON FRANC-PARLER,

AUX MILITAIRES

PAR UN VIEUX DRAGON DE ROYAL-DRAGON, ET EX-COLONEL.

Le Dieu des nations la plus belle image
A balancé la foudre et conjuré l'orage.
Soldats, vous revenez au foyer champêtre,
Oui, par vos soins la tranquillité va renaître,
Arrivés enfin sans armes meurtrières,
Le citoyen brûle d'embrasser son frère,
Au sein de vos familles venez épancher vos douleurs.
Jamais, non jamais on n'oubliera votre valeur.
Il faudrait la plume d'Homère pour vous louer,
Pour chanter les vertus que vous inspirez.
Accourez, intrépides guerriers, rivaux heureux,
Le prince que vous servez va combler vos vœux.
Venez vivre avec lui, la France vous appelle,
Elle vous tend les bras, montrez-vous digne d'elle.
Assemblez-vous, venez, les palmes sont prêtes,
Parens, amis, de fleurs vont couronner vos têtes.
Français, vous avez prouvé génie, force guerrière,
Partout vous avez fait respecter vos bannières ;
Votre valeur ne mourra pas, sa gloire est immortelle :
Qui cède avec honneur ne s'écarte point d'elle.
En tout les braves ne connaissent que la justice,
Faire trembler les méchans et combattre le vice.

L'honneur veut que l'Europe obéisse à sa voix,
Et que nous recevions Louîs dix-huit pour Roi.
O braves! vous verrez encore dans vos vallons
Fertiliser le fruit, les fleurs et les moissons.
Soumission, confiance au souverain,
Remerciez Mars et la paix de vos heureux destins.

PATRIE, DÉVOUEMENT, BRAVOURE, FIDÉLITÉ.

GAITÉ DES PARISIENS,

OU

HYMNE SUR LEUR UNION.

Air: J'ai vu partout dans mes voyages,
ou *Peuple français, etc.*

AUGUSTE paix, je te salue.
Tu combles enfin nos souhaits!
Ta présence perce la nue
Qui te dérobait aux Français!
Parais sur la terre et sur l'onde;
Viens, après tant de maux soufferts,
Viens, en souveraine du monde,
Rends le bonheur à l'univers.

Aux arts, au commerce, au génie
Rends leur éclat et leur vigueur;
Ranime leur mourante vie

De ton feu régénérateur.
Atteints des fureurs de la guerre,
Ils allaient périr, tu parais,
Et tu fertilises la terre
Qui doit produire tes bienfaits.

Fille du ciel, paix salutaire,
Viens nous combler de tes faveurs !
Le Ténare a vomi la guerre
Et ses fléaux dévastateurs.
Arrache l'arme meurtrière
Des mains du soldat valeureux
Qui brûle d'embrasser son frère
Et d'être humain et généreux.

Louis désiré, quand ton génie
Parmi nous ramène la paix,
Que ta présence vivifie
Le cœur de tous les bons Français !
La providence te seconde,
Elle protège tes destins,
Et semble à l'empire du monde
Appeler de grands Souverains.

VIVE LE ROI!

L'AMI DE LA PAIX,

OU

Le Citoyen de retour dans ses foyers.

Air : *De Calpigi (de Figaro).*

Aux sentiers brillans de la gloire,
Enfans chéris de la victoire,
Trop long-tems nos braves guerriers
Ont fait des moissons de lauriers :
Que l'Europe enfin se repose !
Cultivant le myrthe et la rose,
Que la paix règne en ce séjour !
Mes amis, chacun a son tour. *bis.*

Au sein d'une crise funeste,
Louis paraît, esprit céleste ;
Il vient en père à ses sujets
Offrir l'olivier de la paix :
Sa voix dissipe nos alarmes,
Sa main vient essuyer nos larmes ;
Aux craintes succède l'amour :
Mes amis, chacun a son tour. *bis.*

Tandis qu'aux champs de la victoire
Les Français se couvraient de gloire,
Les regrets, les anxiétés

Et le deuil couvrait nos cités.
Les BOURBONS enfin reparaissent,
On respire, les craintes cessent:
Bénissons leur heureux retour!
Mes amis, chacun a son tour.　　　　*bis.*

Sous leur égide protectrice,
On voit renaître la justice ;
Le calme succède à l'effroi,
On répète VIVE LE ROI !
Trop long-tems d'un mauvais génie
L'ambition, la tyranie
Ensanglantèrent ce séjour ;
Mes amis, chacun à son tour.　　　　*bis.*

En bon français pour ma patrie,
Que j'aime avec idolatrie,
Quand l'honneur m'appelait aux camps
Je quittai maîtresse et parens:
Mais à la paix, avec ivresse,
Je revois parens et maîtresse :
Vive le vin, vive l'amour !
Mes amis, chacun a son tour.　　　　*bis.*

On ne peut pas toujours détruire,
Mes amis, il faut reconstruire,
Il faut réparer à la paix
Les échecs que la guerre a faits.
Au sein de la paix, de l'aisance,
Buvons, aimons, peuplons la France :
VIVE LE ROI! Vive l'amour !
Mes amis, chacun a son tour.　　　　*bis,*

2

LE COURT PÉLERINAGE,

OU

LE CALCUL DE L'AGE.

AIR : *Aussitôt que la lumière.*

Dans le court pélerinage
Que nous faisons ici bas ,
Le plaisir guide nos pas !
Que pour charmer le voyage
Amis , pourquoi dans ce monde
Se donner tant de tourmens
Pour obtenir à la ronde
Un quart-d'heure de bon tems.

Par jour , deux heures d'étude ,
De travaux , font bien huit ans ;
Noir chagrin , inquiétude ,
Pour le double font seize ans ;
Cinq quarts-d'heure de toilette ,
Barbe , et cœtera , cinq ans ;
Tems perdu pour la fleurette
Demie-heure , encor deux ans.

Par jour pour manger et boire
Deux heures font bien huit ans ,
Cela porte le mémoire
Juste à quatre-vingt-seize ans :

Un an reste encor pour faire
Ce qu'oiseaux font au printems;
Par jour l'homme a donc sur terrre
Un quart-d'heure de bon tems.

Puisque sitôt le tems passe,
Sachons régler nos désirs,
Consacrons ce court espace
Aux vertus comme aux plaisirs :
Tous les hommes sont nos frères,
Respectons ces doux liens;
Soyons bons fils et bons pères,
Bons époux, bons citoyens.

DISCOURS DU ROI,

Prononcé par Sa Majesté, à l'ouverture des deux Chambres et à leur installation, le 7 Octobre 1815.

MESSIEURS,

Lorsque l'année dernière j'assemblai pour la première fois les deux chambres, je me félicitai d'avoir, par un traité honorable, rendu la paix à la France. Elle commençait à en goûter les fruits; toutes les sources de la prospérité publique se rouvraient; une entreprise criminelle, secondée par la plus inconcevable défection, est venue en arrêter le cours. Les maux que cette usurpation éphémère a causés à notre patrie m'affligent profondément. Je dois cependant déclarer ici que, s'il eût été possible qu'ils n'atteignissent que moi, j'en bénirais la Providence; les marques d'amour que mon peuple m'a données dans les momens même les plus critiques m'ont soulagé dans mes peines personnelles; mais celles de mes sujets, de mes enfans, pèsent sur mon cœur, et pour mettre un terme à cet état de choses, plus accablant que la guerre même, j'ai dû conclure avec les puissances qui, après avoir renversé l'usurpateur, occupent aujourd'hui une grande partie de notre territoire, une convention qui règle nos rapports présens et futurs avec elles.

« Elle vous sera communiquée, sans aucune restriction, aussitôt qu'elle aura reçu sa dernière forme. Vous connaîtrez, Messieurs, et la France entière connaîtra la profonde peine que j'ai dû ressentir ; mais le salut même de mon royaume rendait cette grande détermination nécessaire ; et quand je l'ai prise, j'ai senti les devoirs qu'elle m'imposait.

» J'ai ordonné que cette année il fût versé du trésor de ma liste civile, dans celui de l'Etat, une portion considérable de mon revenu. Ma famille, à peine instruite de ma résolution, m'a offert un don proportionné.

» J'ordonne de semblables dispositions sur les traitemens et dépenses de tous mes serviteurs, sans exception. Je serai toujours prêt à m'associer aux sacrifices que d'impérieuses circonstances imposent à mon peuple. Tous les états vous seront remis, et vous connaîtrez l'importance de l'économie que j'ai commandée dans les départemens de mes ministres et dans toutes les parties de l'administration. Heureux si ces mesures pouvaient suffire aux charges de l'Etat ! Dans tous les cas, je compte sur le dévouement de la nation et sur le zèle des deux chambres.

» Mais, Messieurs, d'autres soins plus doux et non moins importans vous réunissent aujourd'hui ; c'est pour donner plus de poids à vos délibérations, c'est pour en recueillir moi-même plus de lumières que j'ai créé de nouveaux pairs, et que le nombre des députés des départemens a été augmenté. J'espère avoir réussi dans

mes choix, et l'empressement des députés, dans ces con-
jonctures difficiles, est aussi une preuve qu'ils sont ani-
més d'une sincère affection pour ma personne et d'un
ardent amour de la patrie.

» C'est donc avec une douce joie et une pleine confiance que je vous vois rassemblés autour de moi, cer-
tain que vous ne perdrez jamais de vue les bases fon-
damentales de la félicité de l'Etat, union franche et
loyale des chambres avec le Roi, et respect pour la charte
constitutionnelle. Cette charte que j'ai méditée avec soin
avant de la donner, à laquelle la réflexion m'attache
tous les jours davantage, que j'ai juré de maintenir, et
à laquelle vous tous, à commencer par ma famille, allez
jurer d'obéir, est sans doute comme toutes les institu-
tions humaines, susceptible de perfectionnement; mais
aucun de nous ne doit oublier qu'auprès de l'avantage
d'améliorer est le danger d'innover. Assez d'autres objets
importans s'offrent à nos travaux: faire refleurir la religion, épurer les mœurs, fonder la liberté sur le respect
des lois, les rendre de plus en plus analogues à ces grandes
vues, donner de la stabilité au crédit, recomposer l'armée, guérir des blessures qui n'ont que trop déchiré le
sein de notre patrie, assurer enfin la tranquillité inté-
rieure, et par-là faire respecter la France au dehors;
voilà où doivent tendre tous nos efforts.

» Je ne me flatte point que tant de biens puissent
être l'ouvrage d'une session; mais si à la fin de la présente législature on s'aperçoit que nous en ayons ap-
proché, nous devrons être satisfaits de nous. Je n'y
épargnerai rien, et pour y parvenir, je compte, Messieurs, sur votre coopération la plus active. »

M. le chancelier, averti par un signe du grand-maître

des cérémonies, après les ordres de S. M. et a indiqué aux Princes de la Famille Royale et aux Princes du sang, aux Paires, aux Députés, que c'était le moment de prêter le serment.

MONSIEUR s'est levé et à dit :

Je jure d'être fidèle au Roi, d'obéir à la Charte constitutionnelle et aux lois du royaume.

MESSEIGNEURS le duc d'Angoulême, le duc de Berri, le duc d'Orléans, le prince de Condé ont fait le même serment, chacun en leur particulier.

Le grand CHANCELIER, les Ministres et les Pairs, après l'appel nominal, ont fait le serment chacun individuellement.

Je jure d'être fidèle au Roi, d'obéir à la Charte constitutionnelle et aux lois du royaume, de me conduire en tout comme il appartient à un bon et loyal Pair de France.

Ensuite Messieurs les Législateurs, député des départemens, ont fait le serment, après l'appel nominal, ainsi conçu :

Je jure d'être fidèle au Roi, d'obéir à la Charte constitutionnelle et aux lois du royaume, de me conduire en tout comme il appartient à un bon et loyal Député.

NOTE DE L'AUTEUR.

Témoin au Corps Législatif de cette séance royale, entousiasmé du discours du Roi, mon cœur, attendri de la vérité de ces sentimens prononcés par le Monarque, je n'ai pu retenir mes larmes, cela m'a suggéré l'idée de tracer 1°. le portrait de Louis XVIII; 2°. mon indignation sur celui qui tenterait de le trahir, ce serait tout à-la-fois livrer sa patrie ou le déchirement; 3°. une complainte; 4°. la pièce de vers qui est ma profession de foi; 5°. hommage de Sceaux-Penthiève du buste du Roi.

Non de faire imprimer le tout, de le répandre, de les distribuer, comme j'ai fait de celui de Louis XVI, à l'ouverture des Etats généraux, que j'ai fait graver sur taffetas, et répandu à cette époque dans tout le royaume, adressé aux quatre-vingt-trois départemens, ainsi que la constitution de 1790, sans prétention que du bien et pour la paix.

Dans cette circonstance, mon dévouement était sans borne, j'avais juré de servir mon pays, j'ai cru bien faire, une fortune, bien acquise avant la révolution, me le permettait, mais attendu les sacrifices que j'ai faits, n'ayant eu ni place, ni emploi, ni trafic illicite, ni enrichi des dépouilles d'autrui, aujourd'hui m'en empêchent.

LE PORTRAIT D'UN SAGE,

Celui d'un grand Souverain ou d'un bon Père au milieu de ses enfans.

Je crois devoir chanter un prince tout puissant
En dépit des tartufes, des traîtres, des ignorans.
Déployant en tout tems un courage indompté,
La trahison ne peut arrêter Sa Majesté ;
Les souverains en tous tems ont été trahis
Par des lâches qu'une paix désirée humilie.
Sur le trône, à l'exil on peut être vaincu,
Et conserver l'éclat de toutes ses vertus.
Ce n'est pas au succès qu'on connaît un grand homme ;
C'est dans le malheur qu'il parle et agit en homme,
Toujours supérieur au sort qui le poursuit,
Fait ressortir son nom des ombres de la nuit.
Trahit-il ? n'a pas moins conservé sa réputation,
Il arrive, on reconnaît le descendant des Bourbons,
Oui, oui, sa clémence est son premier ouvrage,
Les bons s'en réjouissent, les méchans en enragent,
Des vœux de son peuple le ciel exauce la prière,
La France lui rend grace du retour de leur père,
Oui, son absence leur a coûté des regrets,
De leur fidélité il témoigne leurs attraits ;
Plus de faction, plus de traitres, plus de crimes,
On ne peut que respirer sous un Roi légitime,
Le peuple, les soldats, formés par la victoire !
Voyant la paix, les talens tournés à leur gloire !

Les sciences et les arts s'énorgueillisent aussi
De retrouver un protecteur et un ami,
Le commerce, un père ; aussi applaudir
De voir l'état encore une fois fleurir.
Il va gouverner sans orgueil avec majesté,
Mêler à la douceur l'auguste autorité,
Faire adorer les lois, respecter la justice,
Protéger la vertu, exterminer le vice,
Etendre ses regards sur la nécessité,
De ces vastes états chasser la pauvreté,
Au timide orphelin sans cesse être propice,
Terrasser sous ses pieds le fourbe et l'artifice,
De la religion faire respecter la doctrine,
A la vertu il veut que l'on s'achemine.
Il veut que toujours, sur l'autel de la raison,
La philosophie soit de toute saison,
D'embellir la pensée et d'orner la raison
Des charmes séducteur de la description.
Que toujours les écrits soient le fruit du bon goût.
Qu'ils soient toujours d'un caractère aimable, doux,
Qu'ils combattent le vice, mais avec vigueur,
Comme sujet sans être ni mercenaire, ni flatteur,
Admirant en secret la révolution
Qui fixe sans retour une constitution,
Des décrets qui fait loi, prendre les intérêts
De l'affreuse discorde étouffer les projets,
Voir en tous ses sujets l'honnête serviteur,
Tel est le portrait et le règne d'un sauveur
Sincère dans la paix, écartera la guerre,
Les traiter moins en Roi, qu'en ami, qu'en père.

MON INDIGNATION

Sur les grands Conspirateurs, les Parjures, les Camé-
léons, les Apostats, les Traîtres, plutôt se réconcilier
avec un ennemi que de se fier à ces hommes que l'ar-
gent, l'ambition ou la gloire font agir, ces girouettes
qui vont à tout vent, se vendent à tous les partis, qui
trompent Dieu, trahissent leur Roi, vendent leur
patrie.

Qu'il est cruel de s'entretenir de grands assassins,
De lâches qui trahissent, vendent leurs souverains,
Peut-on de plus grands complots, de plus vils apostats,
De plus grands coupables, de plus grands scélérats,
Ce n'est que pour exemple que je trace leurs forfaits,
Afin d'écarter ces idées cruelles aux Français.
Quand une fois un gouvernement est reconnu
Qu'un Roi et ses sujets aux accords sont parvenus,
Trahir son prince, vendre sa patrie, la livrer,
La réflexion seule! à cette attente fait trembler!
A ce mot de traître, ô terreur! ô réveil affreux!
Fuit de la société, scélérat, monstre odieux!
Après un serment de fidélité trahir son souverain,
Commettre pour de l'or un si barbare dessein;
Quel crime plus grand que celui qui trahit son pays,
Qui le vend le livre à son plus grand ennemi,
Qui ouvre la route à une guerre civile,
Qui invite au massacre les bourgs et les villes,
Que par le fanatisme la vengeance arme les sujets,
Certe, ce ne sont pas là des religieux français;
Qui de tout un peuple est cause du carnage,
Est bien le plus grand de tous les antropophages,

Le poignard d'une main, de l'autre un flambeau,
De son Roi, sa patrie, être l'assassin et le bourreau,
Troubler encore la paix, le repos des nations,
De tous liens d'amitié, des alliances troubler l'union,
Mettre en mouvement l'Europe entière,
Voir périr cent mille braves à la guerre,
Quel ame de boue, quel cœur de roche il faut avoir,
Pour de sang-froid calculer d'atrocité aussi noire.
Quoi ! comblé de bienfaits, ingrat, soif d'un vil métal,
Trahir son Roi pour de l'or, ascendant fatal,
Jouissant d'une noble confiance, trahir sa patrie,
Tel être dans l'Univers doit être chargé de mépris.
O monstre ! ô honte ! ô parjure ! ô fureur !
Certe, pour la vie tu dois être un sujet d'horreur !
Par un crime si affreux souiller sa carrière,
Proscrit, la nature doit te priver de sa lumière,
Insigne misérable parricide de tes frères,
Sous tes pas la terre de la vengeance doit s'entr'ouvrir,
Après une paix, une clémence si générale,
Un homme parjure et faux n'est qu'un cannibal,
Quiconque trahit son prince et l'état,
L'échafaud doit être réservé à de pareils attentats,
Non, il n'est point de plus affreux supplice
Que doit frapper le glaive de la justice ;
Sur la tombe il faut écrire : Prince vengé,
Courtisan de tous les partis nullement regretté,
Que l'expiation de tes crimes serve de leçon
A quiconque tenterait de pareille trahison,
Que Dieu veuille par ton repentir te pardonner,
Mais il est douteux l'ayant si faussement offensé.

  « Voyez cette fournaise ardente,
  » C'est pour la leçon des mortels
  » Qu'en son bouillant transport le dante
  » Créa ces buissons éternels ;

» Quelle voix de fer pourrait dire
» Des angoisses où l'on expire,
» Que pour y renaître à l'instant,
» Traîtres qui vendez la patrie,
» Il est un juge qui vous crie :
» Ma colère un jour vous attend.

COMPLAINTE

*Pour un grand coupable au premier chef, crime de
lèze nation, qui vend sa patrie, fausse son serment,
trahit son Roi, n'est plus digne de vivre.*

Air : *De la Lescombat, ou des Pendus.*

O terreur ! ô réveil affreux !
Pour la dernière fois mes yeux
S'ouvrant encore à la lumière,
Le crime a souillé ma carrière.
O remord ! ô pleurs superflus !
Ce soir je n'existerai plus.

O de ton ascendant fatal !
Funeste soif d'un vil métal !
Je meurs ! ma carrière est finie,
Je meurs avec ignominie !
Sur ma tombe... ô remord vengeur !
Nul ne viendra verser des pleurs.

C'en est fait ! tout finit pour moi ;
Et mon esprit avec effroi
S'arrête sur l'affreux supplice
Que le glaive de la justice

Réserve pour le scélérat
Qui trahit son Prince et l'Etat.

Quoi? j'ai pu trahir mon pays!
J'ai pu livrer aux ennemis
L'état des forces de la France!
Compromettre son existence!
O honte! ô parjure! ô fureur!
Je dois être un objet d'horreur.

Sous mes pas, terre entr'ouvre toi?-
Sombre voûte tombe sur moi,
Dans ta chute écrase un coupable,
Un parricide, un misérable,
Qui de son roi, son souverain
A su balancer les destins.

Que dis-je? ce forfait affreux
Exige un supplice honteux.
On doit au monde un grand exemple
Que sur l'échafaut l'on contemple,
Chargé d'horreur et de mépris,
Qui trahit son Roi et son pays.

L'AUTEUR

Aux Princes, aux Ministres, aux Pairs, aux Députés des départemens, aux Autorités civiles et militaires du royaume de France.

Salut et honneur aux dignités,
Par gradation accordées par le Roi,
Morale de la sage et vraie liberté,
Principe reconnu par la loi,

Recevez de moi, hommes éclairés,
Les vœux que je fais pour votre union,
Par celui qui n'a jamais dévié,
Au vrai principe de la constitution,
Si de la texture vous critiquez,
Des sentimens au moins approuvez,
Ma conscience j'ai dû consulter,
De ce crime elle n'a rien à se reprocher,
A l'exemple du Roi des Français.
Est-ce par des crimes nouveaux,
Disons tous, princes, magistrats, sujets,
Que la France réparera ces maux.
Mon cœur ne connaît pas de fiel
Dont veut toujours abreuver la vengeance;
Je laisse au dieu vengeur éternel
Le soin de prendre ma défense.
Mauvais sujets qui fîtes notre malheur,
Si le remord vous environne,
Que la paix reste dans vos cœurs,
Votre Roi, la France... vous pardonne;
Quand un prince montre l'exemple,
Que l'avenir nous rende plus docile,
Soumettons-nous y tous ensemble,
Du passé n'imitons plus les imbécilles.
Comme bréveté Chevalier du Lys,
Je tiens au Roi pour le salut de tous,
Garde national en exercice,
Qu'il ne soit qu'une partie parmi nous,
A part toute sorte de prévention,
Faisons un oubli de ce qui est fait,
N'ayant plus de haine, d'opinion,
La paix nous rend tous Français,
Aussi d'abjurer tous ressentiment,
Patient, franc de bonne aloi,

Oubli du passé ne songeons qu'au présent,
Telle est ma profession de foi,
Pour le bonheur de la nation
J'entretiendrai l'esprit national
De mes concitoyens concentrant l'union,
Par des chants joyeux et martials,
Vrai Français ! je jure également,
A l'exemple des premiers de l'Etat,
De ne jàmais fausser mon serment,
Plutôt mourir que d'être apostat,
Du ciel l'on doit bénir le sort,
La recevoir quand il nous l'envoie,
Finir par une aussi belle mort,
C'est vivre d'espérance et de joie ;
Comme homme je soutiens mon pays,
Par nature tout mortel est mon frère,
Tout honnête homme est mon ami,
Mon seul mépris est pour le pervers, (1)
Comme sujet, mon devoir le plus tendre,
Dans mon loisir, mon plus bel emploi,
Comme citoyen celui de défendre,
Tout à-la-fois ma patrie et mon Roi.

*Je le jure sur mon honneur et sur ma foi, Garde
national, Chevalier du Lys du département de la Seine.*

PETRUS-FRANCISCUS

Palloy.

_____

(1) Mot de Henri IV.

HOMMAGES

Des habitans de Sceaux Penthière, le jour de l'inaugu-
ration du buste du Roi, le 24 Juin 1816.

———

Il est un maître qu'on adore à tout âge,
Qu'on chérit à la ville et qu'on fête à la cour;
Il est juste et clément, bon comme le jour,
LOUIS DÉSIRÉ paraît, le bonheur est au village,
Ce monarque, par la paix, a séché nos larmes,
Il nous annonce des jours de prospérité,
Des vœux que nous faisons a daigné écouter,
Après les tourmens sera pour nous des charmes,
Il tient le pouvoir et le sceptre du génie,
Ajoute à ce droit le flambeau de la raison,
Il veut des mœurs françaises donner le ton,
Il veut écraser l'idole et chasser l'envie
Au moment où la France est tourmentée,
Ce n'est pas à l'instant du trouble d'ignorance
Que l'homme sage peut exercer sa science,
Il veut avant tout consoler l'humanité,
Nos cœurs encore oppressés du souvenir,
Nous rappellent les maux que nous avons passé.
Jurons à LOUIS DIX-HUIT amour, fidélité,
Puisse du bien qu'il fait éterniser nos lyres,
Nous devons au jour cruel fixer son courage,
Supporter les revers que nous avons abattus,
Doit-on voir un jour triompher la vertu,
Le malheur est fait pour éprouver le sage.

www.ingramcontent.com/pod-product-compliance
Lightning Source LLC
Chambersburg PA
CBHW060853180626
46818CB00004B/1691